कविता-संग्रह

किवाड़

किवाड़

कुमार अम्बुज

राधाकृष्ण प्रकाशन

ISBN : 978-81-8361-817-5

किवाड़

पहला संस्करण : 1992
दूसरा संस्करण : 1994
तीसरा संशोधित संस्करण : 2016
पाँचवाँ संस्करण : 2025

मूल्य : ₹495

प्रकाशक
राधाकृष्ण प्रकाशन प्राइवेट लिमिटेड
जी-17, जगतपुरी, दिल्ली-110 051

शाखाएँ : अशोक राजपथ, साइंस कॉलेज के सामने, पटना-800 006
पहली मंजिल, दरबारी बिल्डिंग, महात्मा गांधी मार्ग, प्रयागराज-211 001
1, अनमोल सोराबजी सन्तुक लेन, धोबी तलाव, मरीन लाइंस, मुम्बई-400 002
वेबसाइट : www.radhakrishnaprakashan.com
ई-मेल : info@radhakrishnaprakashan.com

मुद्रक
विकास कम्प्यूटर एंड प्रिंटर्स
ट्रॉनिका सिटी-201 102

KIVAAR
Poems by Kumar Ambuj

इस दुनिया में कवि बहुत हैं
कोई छोटा कवि
कोई बड़ा कवि
लेकिन अच्छी कविताओं की कमी बहुत है

इस दुनिया में कविताएँ बहुत हैं
कोई छोटी कविता
कोई बड़ी कविता
लेकिन अच्छे कवियों की कमी बहुत है

इस पूरी दुनिया में
फैले हुए हैं कवि!

—**अप्रमेय,** उम्र 7 वर्ष, (1990)

इस संग्रह की कविताएँ
अप्रमेय के बहाने उन सबके लिए, जो कल कविताएँ लिखेंगे!

क्रम

किवाड़

मेरे पास

मेरे पास थोड़े-से पत्थर थे
और कुछ सूखे बाँस
जिनके सहारे मुझे
तय करना था अपनी सभ्यता का रास्ता
पुरानी सभ्यताएँ टीलों की खुदाई चाहती थीं
और मुझे अपनी सभ्यता को
टीलों में तब्दील होने से बचाना था

दीवारों पर बाहर धूप और अन्दर दीमक थी
कुछ श्लोक और रूढ़ियाँ थीं मुझ पर हँसती हुईं
शास्त्र थे शस्त्रों की तरह
मेरे पास इच्छाओं की पोटली थी
और वक़्त की एक छोटी-सी लाठी
जिसके सहारे
पार करना था अनिर्णयों का अरण्य

विस्मृति के जल में हिलते हुए
कुछ धुँधले अक्स थे

सूखते हुए आँसू थे
पिघलती हुई आत्मा
फूलों और सुगन्धियों से भरा
एक नरक मेरे सामने था
मेरे मोक्ष का रास्ता वहीं से होकर जाता था

कुछ अलौकिक लोग थे
एक स्वप्न में मिलकर
दूसरे ही स्वप्न में अलग होते हुए
मेरे पास शेष थी सिर्फ़
दो स्वप्नों के बीच की अनिद्रा
जहाँ कुछ वरदान थे मेरे पास
शाप की तरह पीछा करते हुए

कुल मिलाकर एक अतुकान्त जीवन था
जिसकी तुकें
ढूँढ़ना था।

1990

रात तीन बजे

एक आवाज़ आती है
रात तीन बजे की नींद में

यह कुएँ में बाल्टी डूबने की आवाज़ है
या बिल्ली कूद गई है बग़ल की छत पर
कि एक औरत ने
अपना रोना तेज़ी से रोक लिया है
यह किसी पत्थर के गिरने की आवाज़ है
या एक बीमार की कराह
कि रात में पत्ता इसी तरह टूटता है?

यह नेपाली चौकीदार के डंडे की
दीवार पर फटकार की आवाज़ है
या शाम से आम के पत्तों में छिपा
घर से भागा-रूठा लड़का
मौक़ा देखकर कूदा है माँ की गोद के लिए
या फिर किसी ने
डुबकी लगाई है तालाब में

यह गोली की आवाज़ है
या आदमी के धूल में गिर जाने की?

यह कैसी आवाज़ है
जो आई है जब से
मेरी नींद की छाती पर बैठ गई है!

1988

उन शब्दों की तरह

जो आत्मीयजन देह की दुष्टता भुलाते हुए
आत्मा की पवित्रता में विश्वास कर रहे हैं
खोज रहे हैं अमरता
वे सबसे भोले और सरल हैं

मुझे उन पर दया करना चाहिए

जो देह की ख़ुशी में
नश्वरता के भय से शामिल हुए
वे अनन्त पीड़ा के स्वामी बने
प्रसन्नता उनके जीवन में दुख की तरह
शरीक हुई

सिर्फ़ इच्छाएँ कभी प्रेम नहीं होतीं!

अन्तरिक्ष और अनन्त के बारे में
सबसे निश्चित यही है
कि वहाँ कोई अन्त नहीं होता

जो अन्त की खोज में हैं अनन्त कामनाओं के साथ
वे निरीह हैं

मुझे उन पर दया आना चाहिए

उन शब्दों की तरह
जो दुर्घटनाओं के बाद के ब्यौरे हैं।

1990

गुफा

शुरू होता है यहाँ से
भय और अँधेरा

भय और अँधेरे को
भेदने की इच्छा भी

शुरू होती है
यहीं से।

1987

नींद और नींद से बाहर

मेरी अपनी एक गहरी नींद है
जिसकी उम्र में शेष है पूरी रात का समय

एक धरती है मेरी अपनी
जहाँ बचपन के फूल अनवरत झर रहे हैं
झर रहे हैं अनाज के दाने
भूख का सपना
नींद के चमकदार सूप में झर रहा है
और दानों के फटके जाने की आवाज़
पूरे ब्रह्मांड में गूँज रही है

नदी एक आँसू है
पृथ्वी के गाल पर बहता हुआ

मेरी नींद से बाहर की धरती पर
मेरे पूरे जीवन का समय शेष है
झर रहे हैं जहाँ
मेरे सलोने जवान दिन

भूख झर रही है पत्ती की तरह
नदी की गहराई बढ़ाते हुए
पिचक गए हैं पृथ्वी के सलोने गाल

नींद से बाहर नींद एक कठिन सपना है

जहाँ
रक्त की आवाज़ के अलावा
नहीं है कहीं कोई आवाज़।

1988

यथास्थिति में

धूप तेज़ और सीधी गिरेगी
मगर दानों में दूध नहीं बनेगा

पानी सन्तुष्ट करने का स्वभाव
खो देगा
गिर जाएगा बैरोमीटर का पारा
डालियाँ हो जाएँगी नंगी
बहन सत्ताईसवें बरस में भी रहेगी अनब्याही
त्यौहार गुज़र जाएँगे चुपचाप

रोशनी चकाचौंध पैदा करेगी
पेड़ अपनी जड़ों की पूरी ताक़त ख़र्च कर देंगे
गाय के रँभाने में
आवाज़ आना ख़त्म हो जाएगी
हवा
हवा नहीं रहेगी

और हम
कभी न सूखनेवाला पसीना
उमस को सौंप देंगे।

1985

चुप्पी में आवाज़

यह एक क़स्बे की रात की
पहले पहर की चुप्पी है
जिसमें एक ज़रा-सी भी आवाज़
कुएँ में दहाड़ की तरह गूँज सकती है

और चुप्पी की गहनता में ही
सबसे ज़्यादा याद आती है आवाज़
सबसे ज़्यादा ज़रूरी लगती है हलचल
कि कहीं कुछ हो
कैसे भी हो मगर एक आवाज़ हो

और चुप्पी में अकसर पिछली आवाज़ें ही आती हैं
जिन्हें हम ही छोड़कर आए थे
अकेला
उनकी उँगलियाँ टटोलती हैं हमारी देह
सहलाती हैं दुबकी हुई आत्मा
एक आवाज़ आती है
और हम पीछे दौड़े आ रहे

सहपाठी के इन्तज़ार में
थोड़ा-सा रुक जाते हैं

रुक जाता है समय का दुर्जेय रथ

साइकिल को रिक्शे की तरह खींचते हुए
पिता के हाँफने की आवाज़
ठीक वैसी होती थी
जो चूल्हा फूँकते हुए माँ
अपनी फुँकनी से निकालती थी
आवाज़ों की यह जुड़वाँ आवाज़ मुझ हिरण का
व्याघ्र की तरह पीछा करती है
चुप्पी में यह पीछा सबसे तेज़ होता है
उम्र की इस सबसे लम्बी और तेज़ दौड़ में
आवाज़ विजेता होती है

फिर विजयोल्लास के भीषण नाद के बाद की
काँपती हुई चुप्पी में
याद आती हैं कुछ और कठिन आवाज़ें
जानवर की चमकती-हिंसक गुर्राहट की तरह
ये आवाज़ें
मेरे मन की गुफा में शासक की तरह रहती हैं

और इन सबसे अलग
एक तीखी आवाज़ चुप्पी में चीख़ती है
यह रेल की सीटी की तरह
पुलिस की सीटी की तरह बजती हुई
उतरती है नसों में

उस वक़्त होगी मेरी मृत्यु

जब चुप्पी की गहनता में भी
नहीं सुनाई देगी मुझे
कोई आवाज़!

1988

किवाड़

ये सिर्फ़ किवाड़ नहीं हैं

जब ये हिलते हैं
माँ हिल जाती है
और चौकस आँखों से
देखती है—'क्या हुआ?'

मोटी साँकल की
चार कड़ियों में
एक पूरी उमर और स्मृतियाँ
बँधी हुई हैं
जब साँकल बजती है
बहुत कुछ बज जाता है घर में

इन किवाड़ों पर
चन्द्र सूरज
और नाग देवता बने हैं
एक विश्वास और सुरक्षा

खुदी हुई है इन पर
इन्हें देखकर हमें
पिता की याद आती है

भैया जब इन्हें
बदलवाने को कहते हैं
माँ दहल जाती है
और कई रातों तक पिता
उसके सपनों में आते हैं

ये पुराने हैं
लेकिन कमज़ोर नहीं
इनके दोलन में
एक वज़नदारी है
ये जब खुलते हैं
एक पूरी दुनिया
हमारी तरफ़ खुलती है

जब ये नहीं होंगे
घर
घर नहीं रहेगा।

1987

अक्तूबर का उतार

छतों पर स्वेटरों को धूप दिखाई जा रही थी
और हवा में
ताज़ा घुले हुए चूने की गन्ध
झील में बतख़ की तरह तैर रही थी
यह एक खजूर की कूँची थी जिसके हाथों
मारी जा चुकी थी बरसात की भूरी काई
और पुते हुए झक-साफ़ मकानों के बीच
एक बेपुता मकान
अपने उदास होने की सरकारी-सूचना के साथ
सिर झुकाए खड़ा था

टमाटरों की लाली शुरू होकर
चिकने भरे हुए गालों तक पहुँच रही थी
अंडे और दूध का प्रोटीन जेब खटखटा रहा था
खली और नमक की ख़ुशबू
पशुओं की भूख में मुँह फाड़ रही थी
शामिल हो रहा था आदिम-इच्छाओं में
हरे धनिए का रंग और अदरक का स्वाद

बाज़ार में ऊन और कोयले के भाव बढ़ रहे थे

रुई धुनकनेवाले की बीवी के खुरदरे हाथ
सुई-डोरे के साथ
तेज़ी से चल रहे थे रजाई-गद्दों पर
(यही वह जगह होती है जहाँ सूई तलवार से
और डोरा रस्सी से बड़ा हो जाता है)
बढ़ई की भुजाओं की मछलियाँ
लकड़ी को चिकना करते हुए
ख़ुशी से उछल रही थीं
तेज़ हो रही थी लोहा कूटने की आँच
खुल रहे थे बैलगाड़ियों के रास्ते
आलू की सब्ज़ी शाम तक चल जाने लायक़ इन दिनों में
एक मटमैली चिड़िया अपनी चोंच से
बच्चे की चोंच में दाना डाल रही थी

रावण का पुतला जल चुका था सालाना जश्न में
मगर आसमान में बारूद
और आवाज़ें बाक़ी थीं
बाक़ी थी रोशनी और सजावट के लिए कुछ जगह
थोड़ी-सी जगह
बच्चों के खेल के लिए निकल आई थी
और थोड़ी-सी पेड़ के नीचे एक बेंच पर

इस रोनी दुनिया में
मुस्कराए जा सकने की गुंजाइश के साथ
इमली का पेड़ लगातार हिल रहा था

यह सर्दियों की चढ़ाई थी
जब मकड़ियों के घर उजड़ रहे थे

और अक्तूबर का यह चमकदार उतार था
जिस पर से फिसल रहा था एक पूरा शहर

जैसे फिसल-पट्टी से फिसलता है
एक बच्चा!

1988

ज़रा-सी देर में

ज़रा-सी देर में बड़ा हो गया मैं
और गाँव के सिवान से बाहर निकल आया
शहर की लड़की से प्यार किया
और ज़रा-सी देर में वह लड़की
लिपस्टिक की दुनिया में ग़ायब हो गई
ज़रा-सी देर में मैं शराब पीने लगा
कॉलेज की आख़िरी साल की परीक्षा से भाग आया
नौकरी खोजते हुए भूल गया मैं
गेहूँ-चने के खेत
मेथी की भाजी और एक कोस दूर कुएँ का पानी

ज़रा-सी देर में नौकरी मिली
और आज तक नहीं छूटी

ज़रा-सी देर में नीम पर निंबौरी आ गईं
और आँखों में पानी
पत्ते पीले पड़ते हुए डाल छोड़ने लगे
छूट गई प्यार भरी जगह

और नई जगह का पानी सेहत के ख़िलाफ़ हो गया
ज़रा-सी देर में दोस्त बने
और कपड़ों से बारिश की गन्ध आने लगी

ख़त्म हो गई बैलों की जुगाली
ज़रा-सी देर में मैदान बनते हुए ख़त्म हो गए
वृक्ष और पहाड़
ख़त्म हो गए चावल, गेहूँ और रसोईघर के चूहे
ज़रा-सी देर में हरित-क्रान्ति फैल गई
फैल गया हैज़ा
एक हवाई-जहाज़ पक्षी की तरह गिर पड़ा
खिलौने की तरह लुढ़क गई रेलगाड़ी
ज़रा-सी ही देर में लड़की झूल गई पंखे पर
और टूट गए
मज़बूत दिखने वाले पिता के कन्धे

थके आदमी की गहरी नींद में
बस ज़रा-सी देर में चिड़ियाँ बोलने लगीं
'उठो, काम का वक़्त हो गया!'

1988

अकेला आदमी

अकेला आदमी
उजाड़ रास्ते पर खड़े रूख की तरह होता है

रात पूरे वज़न के साथ
उसके ऊपर से गुज़र जाती है
दिन उसकी आँखों में चकाचौंध पैदा करता है

अँधेरी सीढ़ियों से अकेला आदमी
अपने तमाम अकेलेपन के साथ धीरे-धीरे उतरता है
लौटता है ब्रेड का एक पैकिट लेकर
सुबह के लिए बचा लेता है चार स्लाइस
और अपना सब कुछ
एक ज़ंग लगे ताले के भरोसे छोड़कर
चल देता है कहीं भी

अकेला आदमी जब सड़क से गुज़रता है
सड़क अकेली हो जाती है
हवाएँ उसे छूकर उदास हो जाती हैं

उसके दुलार भरे स्पर्श से
चौदह बरस की लड़की एकाएक डर जाती है

अकेले आदमी के कमरे की दीवारें
काली और खोखली होती हैं
उससे कोई नहीं कहता कभी
बेतरतीब हो गई हैं उसकी मूँछें
उसकी कमीज़ पर दीवार से पीठ टिकाने का
निशान बन चुका है
और चप्पलें खो चुकी हैं अपना रंग
उससे कोई नहीं कहता आओ खाना खा लो
या चलो कहीं घूमने चलें

छत पर पड़े हुए
रात को तारों को देखता वह अकसर सोचता है
काश एक आदमी और उसके साथ होता
तो वह इस रात का अँधेरा काट देता
चार तारे तोड़ किसी के छप्पर में खोंस देता
या बहुत मुमकिन है वह उसके साथ मिलकर
ध्रुव तारे को उत्तर से हटा
दक्षिण के आसमान में ही टाँक देता

अकेले आदमी का चश्मा
सुबह-सुबह खो जाता है
उसका रूमाल
उसका पेन उसे कभी नहीं मिल पाता
इस दुनिया की बहुत-सी चीज़ों से बेख़बर
वह अपने सुनसान अँधेरे में
कुछ न कुछ ढूँढ़ता रहता है

अकेले आदमी की हँसी ख़ौफ़ पैदा करती है
उसका सुबकना किसी तीसरे कान तक नहीं पहुँचता
उसकी चीख़ उसके ही निर्वात में गुम जाती है
संगीत उसकी धमनियों तक नहीं पहुँचता
दृश्य उसे नहीं करते आह्लादित
सुगन्ध उसे प्रसन्न नहीं बनाती
वह ख़ुशी और दुख में फ़र्क़ करना भूल चुका होता है

और कभी-कभार जब कोई छोटा बच्चा
उससे पूछता है—
'क्या आपका कोई नहीं है अंकल?'
तो वह इतना कमज़ोर और असहाय हो जाता है
कि बच्चे को गोद में उठाकर
चूम भी नहीं पाता

वह नहीं कह पाता
यह पूरी दुनिया
मेरी अपनी है।

1988

क़ानून

यह सब सरलता से करना था मुझे

अपने पुराने दिनों में नहीं जाना था
वर्तमान के बारे में चिन्तित नहीं होना था
और भविष्य को ईश्वर के भरोसे छोड़ देना था
विस्फोट और दुर्घटनाओं से गुज़रते हुए
मुझे बचना था उत्तेजित होने से
और अपना दुख
अवसर देखकर ही प्रकट करना था

यह सब आसानी से कर गुज़रना था

सबूत नहीं छोड़ना था अपनी हत्या का
आत्महत्या से बच निकलना था
नारों से भरी दीवार को सराहना था
और अराजक भीड़ को
दे देना था चुपचाप रास्ता
फिर मुझे वसन्त और प्रेम के बारे में

एक कविता लिखना था

यह सब सहजता से करना था मुझे
और सिद्ध करना था
कि यह सब किया गया आत्मरक्षा में

मेरा बरी होना तय था।

1990

उदासी

मेरी उदासी अब पहुँच रही है मेरी आत्मा तक
यह उदासी उतनी ही सख़्त और ठंडी
जितनी तीस दिसम्बर की रात
छत पर पड़ी लोहे की कुर्सी

क्षितिज से क्षितिज तक पसरती यह उदासी
खलनायिका की तरह प्रवेश करती हुई
उजाड़ रही है मेरे सबसे सुन्दर दिनों को
इन दिनों
प्रेम करना शताब्दी का सबसे कठिन काम है

इस उदासी में शामिल हैं कुछ बच्चे
जो पतंग उड़ाने की उम्र में बना रहे हैं पतंग
कुछ लड़कियाँ हैं जो गुड्डे खेलने के मौसम में
बिस्तर पर नग्न हैं
बूढ़े हैं कुछ
जो गलियों में बरगद के पत्तों की तरह उड़ रहे हैं
सफ़ेद बालोंवाली कुछ औरतें हैं
जो जुएँ मारती हुई कोस रही हैं बुढ़ापा

कुछ नौजवान हैं नशे में धुत्त

शामिल हो गया इस उदासी में
सड़क पर बिखरा हुआ थोड़ा-सा ख़ून
चुपके से पैठ गई इसमें
पड़ोस की स्त्री की आत्महत्या
और एक थके आदमी की भूख भरी नींद
इस व्यग्र उदासी में भटक रही है
प्यासे कंठ वाली एक गौरैया

आकर मिल रही है इसमें
हरियाली की आँखों में किरकिराती हुई
रेगिस्तान की दहशत
और नए युद्ध-पोतों का हुलिया
सुनाई दे रही हैं यहीं कुछ अफ्रीकी सिसकियाँ
ओज़ोन की घटती परत से आई चकाचौंध
धरती पर उल्का की तरह गिर रही है
और समा रही है
इस असीम उदासी में

मैं इस जोंक-उदासी को
खींचकर फेंकना चाहता हूँ
और इसके लिए चाहिए फिलहाल मुझे
कुछ उँगलियाँ थोड़े-से कुछ हाथ
और उम्मीद से भरी हुई थोड़ी-सी हिम्मत

धीरे-धीरे इस अतल उदासी में
फैल रही है एक आकांक्षा।

1987

भय

भय
लगातार करता है हमें
सावधान

काली-अँधेरी रात में भय
एक सजग चौकीदार है
पुकारता हुआ—

जागते रहो!
जागते रहो!

1987

बचपन

एक गहरा और सूखा कुआँ

जिसमें से लौटती हैं सिर्फ़
पुरातत्ववेत्ता की आवाज़ें

मगर पूरी पृथ्वी पर
यही एक तल है अतल
जहाँ बची है
थोड़ी-सी नमी

और एक पूरी हरी पत्ती!

1989

इस नश्वर संसार में

लाखों-करोड़ों सालों से
इतना ही जीवित चला आ रहा है
यह नश्वर संसार

नश्वरता की घोषणा करनेवाले
नष्ट हो गए
नश्वर संसार नष्ट नहीं हो रहा है

तमाम नश्वरता के बावजूद
सफ़ाईकर्मी अपनी झाड़ू बचा लेता है
एक मिस्त्री बचा लेता है अपने औज़ार
और किसान गेहूँ की बाली
लोहार अपना घन
पटक देता है समय की छाती पर

तोते अपनी चोंच की लाली बचा लेते हैं
कोयल अपनी कूक
स्त्री अपनी मादकता बचा लेती है

पुरुष अपना ताप
काल के विकराल मुँह से छीन लेता है एक बच्चा
अपनी अमर-हँसी

इस नश्वर संसार में
जीवन अमर हो रहा है लगातार
नश्वरवादियों के शवों पर
अट्टहास करता हुआ।

1990

भरी हुई बस में लाल साफ़ेवाला आदमी

ठसाठस भरी बस में वह आदमी
कम्बल में एक गठरी लिए चढ़ रहा है
और बस में
खड़े होने की जगह भी नहीं है

कम्बल में गठरी नहीं है सिर्फ़
उसमें सात-आठ साल का बच्चा है
बमुश्किल साँस के साथ पसलियाँ हिलाता हुआ
और लाल साफ़ेवाले आदमी के पास
एक खुरदरा चेहरा है
इस वक़्त थोड़ा परेशान और उदास
वह खड़ा है एक कन्धे और एक हाथ पर
बच्चे की बीमार देह सँभाले
सँभालता हुआ दूसरे हाथ से बस के हिचकोले
धीरे-धीरे बच्चे की बीमारी रेंगकर आ गई है
उसके खुरदरे चेहरे पर
जहाँ मिचमिचा रही हैं पनीली आँखें

वह जानना चाहता है आने वाले क़स्बे के बारे में
वह जानना चाहता है बस आख़िर

कितनी देर लगाएगी उस क़स्बे को छूने में
और बस-ड्राइवर उसे झिड़ककर
चैन से सुनना चाहता है कैसिट पर एक ग़ज़ल

पूछना चाहता है लाल साफ़ेवाला आदमी
जब वोट डालने के लिए चलना पड़ता है
सिर्फ़ दो मील
तो इलाज कराने के लिए बीस मील क्यों?
क्यों नहीं है उसके अपने गाँव में डामर-रोड
और कम से कम एक कंपाउंडर वाला अस्पताल
वह जानना चाहता है इस बस में
जब भरे-पूरे स्वस्थ विधायक के लिए
सुरक्षित है बैठने की जगह
तो एक बीमार बच्चे
और थके-हारे इनसान के लिए क्यों नहीं?

वह जानना चाहता है उसकी ज़िन्दगी का मतलब
वोट डालने के अलावा और कहाँ है
लगान देने में, पटवारी को रुपया देने में
हवलदार से डंडा खाने में
महज़ दो रोटी के लिए
दिन-रात हाड़ तोड़ने में?
और कहाँ है
कहाँ है उसकी ज़िन्दगी का मोल?

वह अभी उतर जाएगा इस भीड़ भरी बस से
और लुटा देगा डॉक्टरों में
अपनी ज़िन्दगी की गाढ़ी कमाई।

1988

तुम्हारी जाति क्या है?

तुम्हारी जाति क्या है कुमार अम्बुज?

तुम किस-किस के हाथ का खाना
खा सकते हो
और पी सकते हो किसके हाथ का पानी

चुनाव में देते हो किस समुदाय को वोट
ऑफ़िस में किस जाति से पुकारते हैं लोग तुम्हें
जन्मपत्री में लिखा है कौन-सा गोत्र
और कहाँ ब्याही जाती हैं
तुम्हारे घर की बहन-बेटियाँ

बताओ अपने धर्म
और वंशावली के बारे में
किस पूजाघर में करते हो तुम प्रार्थनाएँ

तुम्हारी नहीं तो अपने पिता
अपने बच्चों की जाति बताओ

बताओ कुमार अम्बुज
इस बार दंगों में रहोगे किस तरफ़
और मारे जाओगे
किसके हाथों?

1988

एक दीवार पर दो तलवारें देखकर

कब कौन-से युद्ध लड़े गए इनसे
किसी को याद नहीं
दीवार के चेहरे पर
मूँछों की तरह चिपकी हुईं ये तलवारें
इस मकान को मिली हैं विरासत में

दशहरे की पूजा के निशान
साल भर चमकते हैं मूठ पर
घर का मालिक मेहमान से बात करते हुए
कनखियों से देखता है तलवारों की तरफ़
और दोनों के बीच दो तलवारें खड़ी हो जाती हैं
जिन्हें मालिक उमेठता है मूँछों की तरह

तलवारें याद दिलाती हैं
घर कभी ज़मींदारी की रोशनी में जगमगाता था
तलवारें बताती हैं लोग झुककर सलाम करते हुए
अपने ही जूतों पर बैठकर बात करते थे
कि तलवारों पर नहीं पड़ सकी कभी

किसी नीच आदमी की परछाईं

ये तलवारें उजड़ चुके वैभव का चमकदार दुख हैं
रात की गहन चुप्पी में इनकी मूठों से
कराह और रोने की मिली-जुली आवाज़ आती है
कुछ घुड़सवारों के कटे हुए हाथ
तलवारों को रात भर भाँजते हैं
यह पूरी दीवार इन तलवारों के सहारे है
और पूरा घर इस एक दीवार के सहारे
अगर हट गईं ये तलवारें
तो भरभराकर गिर पड़ेगा यह घर

फ़िलहाल ज़ंग लग चुका है इनके लोहे पर
और धार पड़ गई है भोथरी इतनी
कि नहीं काटा जा सकता इनसे
एक आलू भी।

1988

मुझे डर लगा

अख़बार के पहले पृष्ठ से
जिलाध्यक्ष की निश्चिन्त मुस्कान से
टी.वी. पर एक ऐतिहासिक सीरियल से
मुझे डर लगा

थाने में की गई एक बूढ़े की पिटाई से
सती की चुनरी-रस्म से
दीवार पर लिखे धार्मिक नारों से
मुझे डर लगा

मंडेला की तपेदिक-बीमारी की ख़बर से
थ्यानानमन चौक की हत्याओं से
चाऊसेस्को की कारगुज़ारियों से
मुझे डर लगा

किराना-दुकान की भाव-सूची से
मतदान-केन्द्र पर गुंडों की भीड़ से

और एक चार साल के बच्चे को
प्रधानमंत्री के भाषण की नकल उतारते देख
मुझे डर लगा।

1989

सम्भावना

यह भयावह ख़तरा था
कि मेरी याददाश्त बाक़ी थी
आँखों में रोशनी
और हृदय में प्यार बाक़ी था
और अभी भी मैं
लोगों को उनकी जातियों से नहीं पहचानता था

यह ढीठता थी कि गहराते रेगिस्तान के बावजूद
थोड़ा-सा द्रव शेष था मेरे भीतर
और थोड़ी-सी उम्मीद
जो रह-रहकर एक पुराने लैम्प की
बत्ती की तरह काँपती थी
यह एक ऐसी चीज़ थी
कि मैं पहचान लिया जाता था दूर से ही
लोगों की पवित्र भावनाओं पर ठेस थी
कि मैं पहचान में आता था

सबसे बड़ी अराजकता थी
कि मैं ज़रा-ज़रा-सी चीज़ों में

ढूँढ़ रहा था अपनी ख़ुशी
कबाड़ के सामान में भी मिल जाती थी मुझे
मेरी प्रसन्नता
यह एक ऐसा दुर्गुण था
जो लोगों में क्रोध और ईर्ष्या फैला रहा था

यह ख़तरनाक था कि मैं इतिहास पढ़ चुका था
और विज्ञान में मेरी गहरी रुचि थी
यह विद्रोह था कि मैं बच्चों के खेल में
अपने पूरे बचपन के साथ होना चाहता था शामिल
आतंकवाद था यह
कि मैं खेल सकता था फ़ुटबाल और लूडो

सबसे बड़ी हिमाक़त थी
कि मैं चूम सकता था प्रेमिका के होंठ
छू सकता था उसकी देह
मीलों दौड़ सकता था झरने की आवाज़ के पीछे
और तितलियों में मेरी दिलचस्पी बाक़ी थी

लेकिन यह लगभग अन्तिम था
इससे ज़्यादा और क्या अन्तिम हो सकता था
कि मैं अधर्म को
धर्म कहने में उनके साथ नहीं था

मेरे पक्ष में केवल एक सम्भावना थी
कि मैं अपनी हरकतों में
अकेला नहीं था।

1990

दुनियादार आदमी

उसके पास वक़्त होता है
कि वह सबसे नमस्कार करता हुआ पूछ सके—
'कहो, कैसे हो?'
पड़ोसी के दुख के बारे में
वह मुस्कराकर जानकारी लेता है
उसके पास सुन्दर उजले शब्द होते हैं

अनेक खाते होते हैं बैंक में उसके
और कुछ बीमा-पॉलिसियाँ

कभी-कभी वह बात करता है संगीत के बारे में
नृत्य में ज़ाहिर करता है अपनी रुचि
रामलीला दुर्गापूजा के लिए देता है चन्दा
वह नपाक से हाथ मिलाता है कहता है—
'आपसे मिलकर ख़ुशी हुई!'

हिसाब लगाकर वह ज़मीन ख़रीदता है
फिर थोड़े-से शेयर्स

बनवाता है गहने
कुछ पैसा वह घर की अलमारी में बचा रखता है
लॉकर के लिए लगाता है बैंक में दरख़्वास्त
कार ख़रीदते हुए
पत्नी की तरफ़ देखकर मुस्कराता है
सोचता है ज़िन्दगी ठीक जा रही है
सफल हो रहा है मानुष-जीवन
और इस सब कुछ ठीक-ठाक में
एक दिन दर्पण देखते हुए दुनियादार आदमी
सोचता है अपनी मृत्यु के बारे में
और रोने लगता है

डर सबसे पहले
दुनियादार आदमी के हृदय में
प्रवेश करता है।

1988

धूल

इतिहास की खिड़की से लगातार
गिर रही है धूल
स्कूल, कॉलेज और लायब्रेरियाँ
धूल से भर गई हैं

पृथ्वी और सूर्य की किरणों के बीच
धूल की एक मोटी परत है

बड़े-बूढ़े बताते हैं
अब नहीं रहा धूल का पुराना गहरा रंग
फुसफुसाते हैं फिर—
'बदल रहा है धूल का रंग'
जैसे बदल रहा है उनके बालों का रंग

उड़ रहे हैं धूल के साथ वृक्षों के टूटे पत्ते
सड़े हुए काग़ज़
और वे तिनके
जो अपना वज़न खो चुके हैं

धूल भरे लोगों के लिए
बहुत परिचित है धूल का संसार
वहीं नष्ट होने से बचाते हैं
वे अपने बीज
और धूल को बदलते हुए उपजाऊ मिट्टी में
मिट्टी से सने हुए वे
इस कठोर-सदी में हँसते हैं
स्पन्दित करते हैं समय का वाद्य-यंत्र

धूल का संगीत
वैभव के सन्नाटे में गूँजता है।

1989

स्वप्न

वे तमाम कल्पनाएँ जो होना हैं साकार अभी
वे अबूझ रहस्य जो होने हैं बेपर्दा
और वे कन्दराएँ
जहाँ रोशनी लेकर पहुँचना है अभी

स्वप्न
इन सबकी शुरुआत है

सख़्त ज़मीन के लिए स्वप्न में तैयार होती है
कुदाल की नोक
ज्योंही सूखता है पक्षियों का गला
पोखर इकट्ठा करते हैं ज़्यादा पानी
ठिठुरते आदमी के सपने में
खेत में खिलता है ज़्यादा कपास

एक स्वप्न में मारे जाते हैं सारे परमाणु-आयुध
बकरियों को मिलती हैं हरी-पत्तियाँ
मछलियों की पुतलियों में आती है चमक

पिघल जाती है घृणा की बर्फ़
और मिट जाते हैं
नक़्शों से सीमाओं के सारे निशान

सिंफ़नी की तरह एक रात बजती है
और धर्म-ग्रन्थों के शाप से मुक्त यह धरती
घूमती हुई अपनी धुरी पर
छपकेदार कत्थई-हरी हो जाती है!

1987

कटे हुए खेत को देखकर

ज़मीन का यह हिस्सा सबसे प्रसन्न है
सबसे ज़्यादा ज़िन्दा है ज़मीन यहाँ
स्पन्दन और ऊष्मा से भरी हुई

प्रसव के बाद की यह ज़मीन
बग़ल में लेटे शिशु-गट्ठर को देखती हुई
पुलक रही है
चमक रही है डंठलों पर
उत्साह भरी ममता
और थोड़ी-सी सन्तुष्ट थकान

मैं इस रूप को
अपनो आँखों में भरना चाहता हूँ
लेटना चाहता हूँ इसकी गोद में

बस रोको! रोको ड्राइवर!
मैं यहीं उतरना चाहता हूँ
मुझे सचमुच आना था

यहीं तक

हाँ, यहीं हो रही थी मेरी प्रतीक्षा
कि इस वक़्त
बेहद ज़रूरत है इस ज़मीन को
थोड़े-से प्यार की
थोड़े-से धन्यवाद की!

1987

ये दिन बरसाती

ये मैदान में दूब के दिन हैं

और इन्हीं दिनों हर चीज़
स्याही-सोख़्ते की तरह पेश आ रही है
हवा सोख रही है पानी
तकिये-तौलिये सोख रहे हैं पसीना
सील रहे हैं घर के पूरे काग़ज़ कपड़े
और मेज़-कुर्सियाँ
घर में सीलन
अपना घर बना रही है

अभी-अभी जो सूखे दिन थे
सब के सब भर गए हैं नमी से

कवेलुओं की उलटावनी के बाद भी
छप्पर से गिर रही है पानी की धार
दीवारों के फेफड़ों में भर गया है पानी
प्लास्टर के टुकड़े

बलग़म की तरह गिर रहे हैं
और फूल गए किवाड़ों से वही प्राचीन
अनोखी गन्ध आने लगी है

बैल अपनी पूँछ से मक्खियाँ उड़ा रहे हैं
साहूकार झाड़न से

और इन दिनों
रोशनी के कीड़े
रोशनी में गिर रहे हैं।

1989

काली लड़की

अपने सामाजिक अन्धकार से निकलकर
एक काली लड़की
मेरे स्वप्न के उजास में प्रवेश करती है

उजास में घुल जाती है रात की कालिमा
दमकती है काली लड़की की देह
सप्त-धातु की बेजोड़ मूर्ति की तरह
चमकता है काली लड़की का शिल्प
बारिश में बिजली की तरह मुस्कराती है वह

हंसों की एक पंक्ति गुज़र जाती है आसमान से

काली लड़की की आँखें गहरी काली हैं
वे मेरे स्वप्न की सुरक्षा से बाहर नहीं आना चाहतीं
उन आँखों में गौर-वर्ण के अनुभवों का
ठोस अँधेरा है
जो लड़की के सपनों में टूट-टूटकर गिरता है

ग्लोब की तरह घूमती हुई रात्रि हर बार
मेरे स्वप्न के अफ्रीका पर आकर
ठहर जाती है।

1990

दो बूढ़ी स्त्रियों का मिलन

पिछले कुम्भ मेले से
अपने बिछोह की गणना करते हुए
दो बूढ़ी स्त्रियाँ अपनी उम्र की
अन्तिम सीढ़ी पर मिलती हैं

वे सीधे एक-दूसरे के गले लग जाती हैं
उनकी आँखों में मोतियाबिन्द के
धुँधले आँसू चमकते हैं
वे कुछ नहीं बोलतीं बहुत देर तक
चिपटाए रहती हैं कसकर ख़ुद से ख़ुद को

उनकी विधवा-पीड़ा बेहद समान
बहुत पारदर्शी होती है
उनकी भाषा
शब्द-विहीन दुखों की भाषा होती है
उनके बच्चे
किसी मेले की भीड़ में गुम चुके होते हैं
पिचक गई होती हैं गले की नीली नसें

उनकी एड़ियाँ फटकर
कठोर हो चुकी होती हैं

वे निःशब्द
सब कुछ जानती हुईं एक-दूसरे का
बहुत देर तक
झुर्रियों से भरा हाथ थामे रहती हैं।

1989

अनिवार्य-स्त्री

उसके बारे में हम
व्यवस्थित रूप से कुछ नहीं जानते थे
मगर चुनकर लाए थे

उसके तन को अनावृत करते हुए
उसके मन को कई-कई पर्तों से ढँकते हुए
रोज़-रोज़ लाँघते हुए उसे
जीतते हुए उसकी देह
हम भूल गए उसकी युगीन-अलंघ्यता
उसकी अजेयता

भूल गए उसके सरल स्वप्न और सहज इच्छाएँ

पड़ोस और विज्ञापनों की
देदीप्यमान स्त्रियों के बारे में
लगातार उम्मीद से भरे हुए हम
विस्मृत करते रहे अपनी कुरूपताएँ
और एक स्त्री का आदिम दुख

उसकी समस्त सम्भावनाओं को
धीरे-धीरे असम्भव करते रहे हम
और वह अपनी दुर्बल काया की
मुट्ठी भर अस्थियों की चुटकी भर मज्जा से
हमें सबल बनाती हुई
हमारी असभ्यताओं में खोजती रही
अपनी सभ्यता

वह हमेशा जानती रही
हमारे लिए उसकी विकल्पहीन-अनिवार्यता
नम्रतापूर्वक वह जानती रही ख़ुद को
जैसे जानते हैं पहाड़ अपनी ऊँचाई
समुद्र अपनी गहराई
और आकाश अपनी नीलिमा

अनिवार्य-स्त्री ने कभी नहीं जताई हमें
अपनी अनिवार्यता
और लगातार
अनिवार्य बनी रही।

1989

प्रेम की तारीख़ें

प्रेम के बारे में सोचते हुए
कुछ तारीख़ों के बारे में ही सोचा जा सकता है

वे तारीख़ें
जो तैरने लगी थीं झील में
ओस बनकर ठहर गई थीं पंखुरियों पर
और बादलों से फुहार बनकर
वृक्ष के पत्तों पर ऐसे गिरी थीं
कि उनका धरती पर टपकना
युगों तक सुनाई दे
वे तारीख़ें जो प्रसन्न रहीं
और हमारी किताबों पर
अन्मनेपन की तरह बिछ गईं

मगर प्रेम के बारे में बात करते हुए
अकसर हम अधूरी बात करते हैं
हम भूल जाते हैं जिन दिनों हमने प्रेम किया
उन दिनों हमारे प्रेम में
सिर्फ़ 'हम ही' शामिल नहीं थे—

मार्च की एक दोपहर
बेगम अख़्तर की एक ग़ज़ल
कनखियों से पकड़ी गई मुस्कराहट
जूली फिल्म की नायिका
और आसमानी रंग की एक हॉफ-स्लीव शर्ट भी
शामिल थी उसमें
याद करो
याद करो यह सब भी
जो शामिल था हमारे प्रेम में

और प्रेम के बारे में
आधी-अधूरी बातें करते हुए
आख़िर एक दिन यह आता है
कि हम डर जाते हैं जवान होती बिटिया से
डर जाते हैं बेटे की घर देर से लौटने की आदत से
और अन्त में डर जाते हैं
प्रेम भरी तमाम तारीख़ों से

एक दिन बच्चों के सामने हम मुकरना चाहते हैं
अपने ही किए हुए प्रेम से
चीख़कर कहना चाहते हैं—
'प्रेम हमने भी किया था
लेकिन ऐसा नहीं!'

मगर हमारी चीख़
हमारे ही गले में फँस जाती है
प्रेम भरी तारीख़ें सोख लेती हैं
हमारी आवाज़ की तेज़ी।

1989

उस शाम

आकाश अपनी नीलिमा में
इतना विस्तृत था
कि मैंने अपनी मुक्ति का अहसास किया

लाल-गुलाबी रंग का वह बादल
आकाश का इतना बड़ा हृदय था
कि मुझे साथ लेकर दूर तक चलता रहा

वह शाम इतनी ममतामयी थी
कि मुझे
अपनी स्मृति की पहली गोद याद आई

मैं बहुत देर तक लेटा रहा!

1989

फिर प्रेम की इच्छा में

मैं किसान के मन में फ़सल की तरह
अपनी ज़िन्दगी में
लहलहाना चाहता हूँ

मई की दोपहरी में
कच्च-हरा रंग
बिखेर देना चाहता हूँ

काट फेंकना चाहता हूँ
मीलों तक फैली लम्बी घास जैसी
प्रतीक्षा

वे फल खाना चाहता हूँ
जिनके पकने की गन्ध
पहुँच रही है मेरे रोम-रोम तक

मैं अपना चैन नींद
और भूख
फिर से खोना चाहता हूँ।

1986

तुम्हारे लिए-1

चूल्हे की आँच
और पसीने से पिघलकर
आड़ी-तिरछी हो गई
तुम्हारे माथे की लाल बिन्दी की तरह
हो गया है
सूर्योदय का यह आसमान

मैं इस आसमान का
एक टुकड़ा तोड़कर
पूरे जतन के साथ टाँकना चाहता हूँ
तुम्हारे माथे पर।

1985

तुम्हारे लिए-2

कल्ले पर सिंकी
तुम्हारे हाथ की रोटी की तरह
फूल गई है यह शाम

आओ संध्या!
हम इस शाम की सारी भाप निकालकर
इसे प्यार से चुपड़ें
और पूरे स्वाद से
साथ-साथ
खाएँ!

1985

पन्द्रह साल पहले बिछुड़ गई शहनाज़ के लिए कुछ कविताएँ

1

सपने में उसने पूछा—
'बताओ
कहाँ है अपनी दोस्ती की निशानी?'

मैंने उसे
वही पन्द्रह साल पुराना
रंग और जातियों से भरा एटलस बताया

वह फूट-फूटकर रोने लगी
चीख़ी—
'आख़िर तुमने मुझे धोखा दे ही दिया।'

2

एक और सपने में उसने मुझसे कहा—

‘मुझे नहीं पता
तुम बीसवीं सदी के नवें दशक के कवि हो
या अन्तिम दशक के

मुझे पता है लेकिन
तुम उस समय के कवि हो
जब लड़की से कहा जाता है—‘प्रेम करो’

और लड़की के मना करने पर
गोली मार दी जाती है।’

3

शहनाज़!
तुम्हारी उँगली से
यह ख़ून कैसे बह रहा है?

‘भूल गए? यह वही उँगली है
जिससे पन्द्रह साल पहले मैंने तुम्हें बताया था—
वह एक काँटा है।’

4

क्या तुम मुझे प्रेम नहीं करते
यह पूछते हुए
तुमने एक धारदार चाकू बताया था

फिर मुस्कराते हुए कहा था
यह चाकू फल काटने के लिए है

तुम नहीं डरो कुमार अम्बुज!

तब से मैं यही सवाल सबसे पूछ रहा हूँ—

‘क्या अपनी जाति से बाहर
प्रेम कर रही लड़की
एक पका हुआ फल होती है?’

5

पन्द्रह साल बहुत होते हैं
भूल जाने के लिए

मगर शहनाज़!
तुम्हारी फोटो अख़बार में रोज़ छपती है।

1988

पटरियाँ

ये पटरियाँ हैं रेल की

ये ऐसी नहीं थीं
जैसी दिखती हैं अब

खदान से निकलीं
भट्टियों में पिघलीं
कारख़ानों में ढलीं
कन्धों पर चढ़ीं
और बिछाई गईं यहाँ

पसीना पीकर हुई हैं
ठोस और चमकदार

अपने सीने पर रेल गुज़ारते हुए
निर्भीक लेटी हुईं
ये पटरियाँ हैं रेल की

लोहा सनझने के लिए
ये सबसे सरल हैं।

1990

मोड़

अक्षरों में जाते हुए हम
गुज़रते हैं ज़िन्दगी के सबसे कोमल
और पारदर्शी मोड़ से

मगर इस मोड़ के बाद नहीं दिखाई देती
नौकरी
और अपने शरीर की बीमारी

दिखाई देते हैं बस
हवा में फड़फड़ाते हुए पन्ने
उड़ते हुए कुछ शब्द-बीज
कभी न थकते दो हाथ
अपनी कच्छप-हँसी से पृथ्वी सँभाले हुए बच्चे
एक सख़्त रोबदार पीठ पर बैठा बचपन
कुछ तितलियों के पंखों के रंग
अँगूठे और तर्जनी के पोरों पर

और दिखाई देते हैं
आसपास के असह्य दुख
काली-मटमैली चिन्ताएँ
चमकती हुईं कुछ यातनाएँ
दो वक़्त की भूख
एक फटी हुई पैंट
टपकती कच्ची छत
और कन्धे पर हाथ रखे हुए कुछ बदहाल दोस्त

इस मोड़ के पीछे
बहुत दूर तक नहीं है रोशनी
इस मोड़ के आगे
बहुत दूर तक नहीं होगा अँधेरा।

1987

सुबह के लिए

चौका-बर्तन के बाद
माँ ने ढँक दिए हैं कुछ अंगारे
राख से

थोड़ी-सी आग
कल सुबह के लिए भी तो चाहिए!

1988

गाँव की याद में एक गीत

चींटियाँ आओ
क़तार में
दहलीज़ से गुज़रो
मुँह में अन्न दबाओ!

गाय आओ
अलस्सुबह रँभाओ
लिपे ओसारे में
लार टपकाओ!

कुत्ता आओ
पंजों से
अपनी रोटी के लिए
किवाड़ बजाओ!

कौआ आओ
सुबह की धूप में
घर की फुनगी पर

पंख खुजलाओ!

पीपल आओ
दुपहरी में
पत्ते हरे-पीले
आँगन में गिराओ!

बच्चो आओ
नाक पोंछते
दौड़ गली में
शोर गुँजाओ!

1988

नाव

अथाह जलराशि में डूबते हुए का
एक तिनका है नाव

सबसे पहले यह ख़बर नाव को हुई
कि धरती पर
दो-तिहाई हिस्से पानी है

और नाव ने ही ढूँढ़ी
सबके हिस्से की एक-तिहाई ज़मीन

नाव कोलम्बस की निशानी है
और हिम्मत की एक लम्बी कहानी
वह पानी और तूफ़ान के ख़िलाफ़
सबसे बड़ी उम्मीद

मैं चाहता हूँ हर एक चेहरा
एक नाव की तरह हो
जिसके सपनों में हों

मल्लाह के दो मज़बूत हाथ
और जिसकी इच्छाओं में हो
भूरी ज़मीन का ठोस किनारा।

1989

सड़क

हाथों से बनी यह सड़क
हमारी ज़मीन और जड़ों से जुड़ी है

कठोर हथेलियाँ समझती हैं
सड़क के दुख को सबसे ज़्यादा साफ़
भट्टों से भरे तलुए पहचानते हैं
सड़क के स्पर्श को सबसे ज़्यादा
करोड़ों टन रबर और लोहे के नीचे
एक लौ लगातार जलती है

सभी का रास्ता होती है सड़क

फ़िलहाल सड़क किनारे खड़े हैं बच्चे
फटी निक्कर में भी वे उल्लास से
हिला रहे हैं अपने मैले-कुचैले हाथ
बग़ल से जा रही है जुआर से भरी बैलगाड़ी
पुल के नीचे नहा रही हैं
निडर स्त्रियाँ

वहीं कूद-फाँद रहा है एक बछड़ा
और कंडों का धुआँ
एक लय में फैल रहा है सड़क-किनारे

यह सड़क इसी बीच सबसे ज़्यादा मज़बूत है
ठोस है सबसे ज़्यादा यहीं
इस पहाड़ी के ऊपर पड़ी है यह
स्लेटी रंग के आड़े-तिरछे रिबन की तरह
पुल के नीचे से नहाकर निकली स्त्री
इसे बाँध लेगी अपने जूड़े में
फटी निक्करवाले लड़के
दिन ढले ले जाएँगे इसे अपने घर
बैल खुरों से उछालकर रख लेंगे अपने सींगों पर
बछड़ा लाँघ जाएगा इसे एक ही छलाँग में
और कंडों का धुआँ
बनाएगा इसे थोड़ा और स्लेटी

इसी सड़क से पहुँचना है हमें
अपनी यात्रा के अगले पड़ाव तक।

1987

चट्टान

ताँबे के बड़े कलश के रंग और आकार की
यह चट्टान
इस पहाड़ी की हरियाली में
एक द्वीप की तरह चमक रही है

इस पर बिना किसी भय के
बैठकर सुस्ताया जा सकता है
ओस भरी गीली और बेतरतीब घास के बीच
यह चट्टान
एक साफ़-सुथरा आमंत्रण है

शाम के झुरमुटे में दूर से यह चट्टान
किसी मेहनती आदमी की बाँह की
उभरी हुई मछली की तरह लगती है
जो धीरे-धीरे डूबती है रात के गहरे रंग में
और सुबह की धूप में
चमचमाती हुई निकलती है

इसकी चिकनाहट देखकर कद्दावर घोड़े के
भरे हुए कत्थई पुट्ठों की याद आती है
लगता है यह चट्टान
पलक झपकते ही दौड़ पड़ेगी
और पूरा शहर
चट्टान की टापों से गूँज जाएगा

इस चट्टान तक पहुँचने के लिए
पार करना होती है एक कँटीली-बागड़
चढ़ना होती है
साँस फुलाने लायक़ थोड़ी-सी चढ़ाई

और एक ख़ूबसूरत चट्टान
ठीक हमारे सामने होती है।

1989

रात आधी है

इस समय
चल रहे हैं बहुत-से कारख़ाने
हो रहीं हैं नींद भरी यात्राएँ
ठंड से काँप रहे हैं अन्तिम-नागरिक
रोता हुआ बच्चा ढूँढ़ रहा है
बेसुध सोई हुई माँ का
निचुड़ा स्तन

इस समय हवाएँ हो रही हैं ठंडी
कोहरा जमा रहा है अपने पाँव
सर्द चाँदनी में बह रही हैं नदियाँ
पक्षी घोंसलों में हैं
शेर हैं शिकार पर
जंगल भरा हुआ है डर से
शहर सन्नाटे से
झींगुरों की आवाज़ सबसे तेज़ है
इस समय

किसान कर रहा है खेत की रखवाली
भैंसें कर रही हैं जुगाली
कुत्ता बदल रहा है
भट्टी की राख में करवट
फ़सलें झेल रही हैं पाला
सो रहे हैं सारे भगवान और पुजारी
जाग रही हैं वेश्याएँ
अभी खुली हुई हैं कई दुकानें
धोई जा रही हैं प्लेटें
इस समय एक आदमी सोच रहा है
विश्व-विजय का स्वप्न
एक वैज्ञानिक बना रहा है
मीठी ज़हरीली गैस
एक कम्प्यूटर-पहरेदार रक्षा कर रहा है
सारे अणु-बमों की
एक क्रान्तिकारी छिपा रहा है ख़ुद को
तानाशाह की निगाहों से

और ठीक इसी समय
लिखी जा रही है
एक कविता!

1986

बारात

रास्तों पर बनते जा रहे हैं
चक्कों के निशान
लौट रही है बैलगाड़ियों पर
गाँव की बारात

पीतल-काँसे के बर्तन
निवाड का पलंग
बछड़ेवाली गाय
और टीन की एक संदूक़ का दहेज लेकर
लौट रही है बारात

कलगी की टोपीवाला दूल्हा
और उसकी कटार
महावर और गहरी मेहँदी से सजी दुल्हन
और उसका बेंदा
हल्दी के छापोंवाली हथेलियों की कमीज़ें
और गुलाबी साफ़ोंवाले बारातियों के साथ
लौट रही है बारात

ताँबे की गागर और सिंगारदान
बाजूबन्द, बजट्टी और करधनी
सूप, गंगाजली और बाँस की डलिया
खाजे, बेसनिया और नुकती
चाँदी की माता, सालिगराम
और आँटी में बँधा नारियल...
धीरे-धीरे सभ्यता के गाल में समा रहीं
बहुत-सी दुर्लभ चीज़ों के साथ
लौट रही है गँवई-बारात

गाँव के सिवान से आ रही है
ढपलों की आवाज़।

1990

अच्छे आदमी

अच्छे आदमी हमें याद आते हैं
सुन्दर दृश्य की तरह
और पूरी जीवन-यात्रा में
करते हैं हमारा पीछा

अच्छे आदमी की गन्ध
सिंक रही रोटी की तरह होती है
उसकी आँखें हमारे दुखों में डूबी रहती हैं
उसका चेहरा
अकसर कोई चुरा ले जाता है
उसके कपड़े
रोज़ शाम को उसके पास नहीं रह पाते हैं

वे हमारे संकट में
न जाने कहाँ से ईश्वर की तरह आते हैं
और उड़ जाते हैं हमारी हँसी के साथ
उन्हें समझ पाते हैं हम बस
उनके चले जाने के बाद

अच्छे आदमी की स्मृति
किसी ख़ुशबू की तरह फैलती है

अच्छे आदमी नहीं हो पाते कभी महान
और मिल जाते हैं कहीं भी
गली में, पराये शहर में, रात के अँधेरे में
और कई बार तो आते हैं
किताबों के अक्षरों के बीच में से निकलकर

इतना तय है अच्छे आदमी नहीं होते देवदूत
वे हो सकते हैं उतने ही परेशान
उतने ही गँवार
और उतने ही सामान्य
जितने राकेश, अशोक और हरिओम!

1988

पढ़ाई

पढ़ाई करते हुए एक दिन
मेरे भाई ने अजीब काम किया

पढ़ते-पढ़ते उसे भूख लगी तो
उसने एक रोटी
किताब पर रखकर खा ली
और ग़लती से
बन्द कर दिया किताब को
रोटियों वाले कटोरदान में

फिर ढूँढ़ता रहा वह
पूरे घर में किताब
मगर नहीं मिली उसे किताब
आख़िरकार वह बिना पढ़े ही सो गया

दूसरे दिन कटोरदान माँजते समय
माँ को जब मिली वह किताब
तो उग आईं थीं उस पर

बहुत-सी रोटियाँ

तब से मेरा भाई
किताब से रोटियाँ पढ़ता है
हालाँकि उसकी इच्छा
पाठ याद क़रने की है
और वह क़तई भूखा नहीं है।

1981

काका को याद करते हुए

सुबह होटल की चाय पीते हुए
सुन रहा हूँ समाचार
दिख रहे हैं धूप के तलुए
पक्का है
अब तक काका
नदिया से नहाकर
लौट आए होंगे

ओह! लंच-टाइम हो गया
यह लम्बा-चौड़ा ऑफ़िस
बेतरह भर गया है ख़ाली कुर्सियों से
लोग एक-दूसरे को चाय-समोसा से
काटने की तुक में हँस रहे हैं
इस वक़्त काका
बैलों को पानी पिलाकर
बाँध रहे होंगे खरेड़ा में

चाहता हूँ पूरी तन्मयता से काम करना
मगर सिर के ऊपर लगी दीवार-घड़ी

बार-बार बजाती है घंटे
जैसे बजाए गए हैं अभी चार
काका
चले गए होंगे खेतों का चक्कर लगाने

गली के बच्चे
गली को सूना करते हुए
अपनी माँ-बहनों की आवाज़ से बाँधकर
अभी-अभी घरों के अन्दर किए गए हैं
काका
सानी ठीक कर
निकाल चुके होंगे गाय का दूध

धीरे-धीरे गुज़रते वक़्त में
आख़िरकार ख़त्म हो ही गया 'छाया-गीत'
काका घर की तरफ़ बढ़ते हुए
अलाव-चबूतरा और घर के बीच
होंगे कहीं

अधूरी नींद में उठकर
पेशाब करते हुए देखता हूँ
झुक गए हैं सप्तऋषि पश्चिम में
सुनसान गली हो गई है ठंडी
जागनेवाली हैं चिड़िएँ
मेरी आँखों में बाक़ी है अभी नींद
काका अपने पीतल के लोटे के साथ
पहुँच गए होंगे
नदी के टीले पर।

1985

त्यौहार और स्त्रियाँ

त्यौहार लाते हैं
रेशम-गोटे की कढ़ी हुई साड़ियाँ
और बक्से में रखे गहने
स्त्रियों की देह पर

त्यौहार जगाते हैं रात भर
कथा-कीर्तन के साथ उपवास कराते हैं
दिन भर काम करनेवाली स्त्रियों से

त्यौहार लाते हैं पुरुषों के लिए असीम प्रार्थनाएँ
स्त्रियों के रोम-रोम से

त्यौहार की अन्तिम-वेला में
जोड़-जोड़ से तड़की हुईं स्त्रियाँ
बिस्तर पर जा गिरती हैं—

जैसे गिरती हैं
अगले त्यौहार की थकान में!

1985

एक शब्द एक अक्षर

हमने जो इतने ठहाके लगाए हैं
और तीखी बहसें की हैं
इनमें से ही कोई न कोई ठहाका
कोई न कोई बहस
तोड़ेगी हमारी गहन उदासी
मुस्कराकर कहेगी—
'लो! मैं तुम्हारे साथ हूँ'

देखे हैं हमने जो स्वप्न
और सोचा है जिन सुन्दरताओं के बारे में
उनमें से ही कोई सुखद दृश्य
कोई सौन्दर्य
हमारी जलती आँखों में
गुलाब-जल की तरह फैल जाएगा
दिखाएगा एक हरी-भरी दुनिया

लगातार पढ़ने-लिखने के बीच
हमारे पास ही कहीं छिपा हुआ
एक मुहावरा एक शब्द

एक अक्षर होगा
जो सबसे बुरे दिनों में
हमारे काम आएगा
हमें बार-बार
आत्महत्या से बचाएगा।

1984

पिता का चेहरा

पिता उठते हैं मुँह-अँधेरे
नहाते हैं ठंडे पानी से
बिना दाँत किटकिटाए करते हैं
भजन

कोसते हुए महँगाई और बेईमानी
दिन भर बाज़ार से लाते हैं सामान
या फिर गन्दी लुंगी लपेटे
व्यस्त होते हैं ऐसे कामों में
जो फ़ज़ूल हैं पूरे घर की निगाह में

पैंशन से बमुश्किल बचाते हुए थोड़ा पैसा
एक दिन जाते हैं वे तीर्थ-यात्रा पर
हम सब विदा करते हैं उन्हें
देते हैं आदर में लिपटी हिदायतें
और जानते हैं हम कि नहीं मानेंगे वे
एक भी हिदायत

इधर घर में मनता है आज़ादी का महीना
बेलगाम हँसी-ठिठोली
ताश-पत्ते खींचा-तानी और मज़ाक़

सालता है सिर्फ़
बाज़ार के कामों का थोड़ा-सा वज़न
उधर पिता कंजूसी से यात्रा करते हुए
दुबले होकर लौटते हैं
दरियादिली से बाँटते हैं
रुद्राक्ष मालाएँ और प्रसाद

फिर बच्चों से बहस में
लगातार पिटते हुए पिता
चुप रहते हैं वहाँ भी
जहाँ बोलना चाहिए उन्हें
या लम्बी साँस लेकर करते हैं
अम्माँ की याद
जैसे भर लेंगे सारी ऑक्सीजन
खड़खड़ाते फेफड़ों में एक साथ

पिता जानते हैं वे घर में हैं अपने बेटों के
मगर उस तरह नहीं जैसे बेटे थे उनके घर में

पिता की दबंगई के बारे में
याद है सबको
पिता अब भी हैं
सिर्फ़ दबंगई छूट गई है सत्तावनवीं सीढ़ी पर

मैं जब भी पिता का चेहरा देखता हूँ
पाता हूँ—
उनकी काली-पनीली आँखों में
मोतियाबिंद पक रहा है।

1934

बिजली का खम्भा

लोहे के ऊपर हो गई है ज़ंग की वार्निश
वार्निश की पपड़ियाँ बताती हैं
खम्भे की उम्र और इतिहास

जब नया था वह
चालीस वॉट की रोशनी में
नहीं समाता था फूला

इसके नीचे बैठकर बुआ ने बीने दाल-चावल
पिता ने पास किया हाईस्कूल
इसने बचाया कई लोगों को गिरने से
एक बूढ़े शराबी को दिया आठ बरस तक सहारा
बँधी रही इससे कई महीनों तक
रशीद मियाँ की बकरी
बच्चों ने मानकर गोल-पोस्ट इसे
सीखे हॉकी-फ़ुटबाल
नेताओं ने चिपकाए चुनावी-वायदे

हवाओं के साथ मौसम गिरते रहे इस पर
खड़ा हुआ फिर भी यह इस गली में
खोलता रहा अपनी उजली आँख
करता हुआ चौकीदारी

फिर उम्र बढ़ी
और गली में लोगों का यातायात
बल्ब पर धूल जमी, रोशनी में आया पीलापन
कई बार बल्ब बने शरारती बच्चों के निशाने
रहा कई-कई रातों तक अँधेरे में
यह प्रकाश-स्तम्भ

आज महीनों बाद किसी ने इस पर
चिपकाया है एक पोस्टर कविता का
और महीनों बाद आज ही लगा है
इस पर नया बल्ब

ख़ुश हुआ है बिजली का खम्भा
जैसे किसी बूढ़े ने पहनी हो
बरसों बाद नई अचकन
और ऐनक।

1987

सिन्ध

सिर्फ़ नदी नहीं है यह
अपनी छाती में असीम दूध बसाए
पूरे गाँव की माँ है

इसकी सजल निर्मलता बसती है
पक्षियों के कंठ में
पहाड़ की आँखों
पेड़ की जड़ों
अन्न के दानों
और बादल के हृदय में

माँएँ नवजात के साथ
करती हैं पहला स्नान यहाँ
दूल्हा-दुल्हन टेकते हैं माथा
नहलाए जाते हैं गाय-बैल
धोई जाती हैं भुजरिएँ
बच्चे सीखते हैं बहाव के ख़िलाफ़ तैरना

इसकी रेत पर घरौंदे बनाते हुए
देखे जाते हैं सुन्दर स्वप्न
पलती हैं इच्छाएँ
इसके किनारे बैठ गाए जाते हैं गीत
बजती है बाँसुरी

पवित्र जल से दिया जाता है
सूर्य को अर्ध्य
घाट पर फोड़े जाते हैं नारियल
सिराये जाते हैं यहीं
मृतकों के फूल

यह पानी की धारा नहीं
संस्कार है

टीले पर बसे हुए गाँव का
परकोटा है यह आततायियों के विरुद्ध
बाढ़ नहीं आती इसमें
उफान आता है
और बूढ़े बरगद की जड़ों को छूकर
उतर जाता है

प्राणवायु है यह
गाँव के नथुनों से गुज़रती हुई।

1987

बासी अख़बार

हम सब चाहते हैं ताज़ा अख़बार
अख़बार जो रहता है ताज़ा
सिर्फ़ पढ़े जाने तक
मगर बासी अख़बार चाहता है हमें
उसकी पूरी ज़िन्दगी भर—
सफ़र में पंखा झलने
अलमारी में बिछ जाने
और किताब पर चढ़ जाने से लेकर
कचरा रखकर फेंक दिए जाने तक

बासी अख़बार पर कई ज़िन्दगियाँ
टिकी रहती हैं ताज़े ढंग से
बासी अख़बार के लिए
दूर-दूर से आते हैं लोग
अधिकतर बच्चे
कोटा से, बीना से, सागर से
भाव की गुंजाइश लिए झेलते हैं परदेश
'चार आने ज़्यादा ही सही

माँजी! रद्दी लाओ तो'

पसीजती हैं माँजी
बाज़ार ले जाकर
रद्दी बेचने की इल्लत को
अख़बारों पर पड़ी धूल के साथ
झाड़ते हुए माँजी
लाती हैं अख़बारों का ढेर
और बच्चा यकायक तब्दील होता है
एक बड़े आदमी में

कमाया हुआ अनुभव काम में लाता है
होशियारी से तौलता है रद्दी
माँजी बड़बड़ाती हैं लगातार
निगाह रखती हैं डंडी पर
बच्चा अख़बार भी तौलता है
माँजी को भी
रखता है दोनों का ख़याल

अख़बार का रद्दी के रूप में बिक जाना
बासी अख़बार की
लम्बी क़ैद से मुक्ति की कहानी का आरम्भ है
ठीक यहीं से बासी अख़बार
ज़िन्द होता है पूरी ताज़गी के साथ
इस ताज़गी की पहली ख़ुराक
बच्चा और माँजी बाँटते हैं
आपस में

अब बासी अख़बार बनता है
दुकान की रद्दी या लिफ़ाफ़ा

और ढोकर लाता है घर में
किराना, मसाले, फल, दवाइयाँ...
सब कुछ सभी के लिए

लिफ़ाफ़ा ख़ाली करने के बाद
भाभी पढ़ती हैं
उसकी आधी-अधूरी ख़बरें
बच्चे खेलते हैं फुग्गा-फुग्गा
और आख़िर में अम्माँ
बच्चों से छीनकर लिफ़ाफ़ा
जलाती हैं चूल्हा
ताज़ा आग पैदा होती है
ताज़े भोजन के लिए
बासी अख़बार से।

1983

निवेदन

मुझे
मेरे शरीर के बारे में कुछ नहीं कहना है

मुझे
आपके शरीर के बारे में भी कुछ नहीं कहना है

आपके और मेरे बीच के
गहरे फ़र्क के बारे में
सचमुच मुझे कुछ नहीं कहना है

मैं कहना चाहता हूँ सिर्फ़
मुझे इस्तेमाल किए जाने के
आपके तरीक़ों के बारे में

मैं आपसे अन्तिम बार निवेदन करता हूँ—

'कृपया सारी फ़ाइलों
और योजनाओं में से

आप मेरा नाम
तुरन्त निकाल दें!'

1983

क़िला

मुख्य दरवाज़ा जाम हो गया है
चूना खो चुका है अपनी ताक़त
और दीवारों के भारी पत्थर हिल रहे हैं
यह था कभी राजा का दरबार

जिसके गुम्बद से उड़ गई चमगादड़ अभी
यही था रनिवास
कबूतरों की बीट और बू से सना हुआ यह कमरा
एक ख़ास कमरा था राजा का
गुप्त-मन्त्रणा के कमरे तक जानेवाली सीढ़ियाँ
जिन पर रक्त के निशान हैं
धसक चुकी हैं

स्नान-सरोवर का घाट टूट गया है
और पानी में गुलाब की पंखुरियों की जगह
तैर रही है काई
जिस झरोखे से एक-दूसरे को चूमते हुए
राजा-रानी देखते थे सूर्यास्त

वहाँ पुरातत्त्व के इंजीनियर ने 'ख़तरा' लिख दिया है
दरकी हुई मीनारों का रंग
हरा काला हो गया है

जिधर बाग़ था वहाँ अब लम्बी डरावनी घास है
रात में इधर चोर-डाकू भी नहीं आते
और दिन में इस क़िले को देखने के लिए
लगता है सिर्फ़ एक रुपया
एक रुपये में दिखाई देता है
क़िलों का इतिहास और भविष्य
एक साथ यहाँ

इस पुराने जर्जर क़िले में।

1988

इतिहास में

इतिहास में कुछ भव्य चीज़ें हैं

राजा हैं, वज़ीर हैं और ज़मींदार
हरम और सुवासित स्नानागार भी
पुष्ट मादक कलाएँ हैं
परियों की देह है
ऐश्वर्य का संगीत

अंजीर हैं अंगूर हैं
अनार, आम और गन्ना भी
कहीं-कहीं अनाज दाल और कपास का भाव भी
मिलता है इतिहास में

भाट हैं, सेनाएँ हैं
और युवा-विलाप है
गुम होता हुआ विजयनाद और मंगलाचरण में

विशाल स्थापत्य हैं
और कारीगरों के कटे हुए हाथ

थोड़ा-सा ज़िक्र अकाल सूखा
और मसख़रों का भी है

लुटती हुईं
हाहाकार का कारण बनती हुईं
आभूषणों से लदी देव-प्रतिमाएँ हैं

नागरिक!
इतिहास के बहाने
एक कवि आपसे
आपके वर्तमान की बात करना चाहता है।

1990

प्रजा के बारे में

हम जन्मजात दीन हैं
इतने कि सभ्यता का पर्याय दीनता हो जाए

मिले हमें यदि सुस्वादु भोजन
तो क़बीलाई गँवारूपन से चट कर जाएँ पूरा थाल
हमारा पेट हमारे चेहरे पर है
भूख हमारे संस्कार में
अपनी आदिम-भूख के आगे परास्त होते हुए हम
भूल जाएँगे हमारी स्नातकोत्तर उपाधियाँ
और सामूहिक-भोज की शालीनताएँ

यदि मिल जाएँ नए वस्त्र
तो चार हफ़्तों तक हम सँभल-सँभलकर चलेंगे
दिन में कई बार आईना देखते हुए
हर परिचित की तरफ़ देखेंगे इतने उत्साह से
कि पकड़े जाएँ नए वस्त्रों में रँगे हाथों
या फिर रख देंगे उन्हें बक्से की तलहटी में सुरक्षित

किसी शानदार मकान में जाते हुए हम सावधान
ध्यान से देखेंगे लॉन, पोर्च, संगमरमर
देखेंगे फ़र्नीचर और शो-पीस ऐसे
कि हमें कहीं कोई देख न ले
टाइल्स लगे बाथरूम में खड़े होकर सोचेंगे देर तक
बदबू न आने का रहस्य

सड़क पर चलती लड़कियों को
नए ब्रैंड की मोटरों
विशाल मकानों को
देखने की बजाय घूरते हुए हम
बार-बार सड़क-दुर्घटनाओं से बचेंगे

और यदि कभी हम राजा बन भी गए तो
दो पल में ही खो देंगे सिंहासन
हममें है ही नहीं वह रौब, वैभव
वह नख़रा, नफ़ासत और शिकारीपन
जो होना चाहिए किसी राजा में
हममें तो है इतनी सरलता जैसे मूर्खता
हमारा क्रोध इतना घरेलू है
कि हम सिर्फ़ पति और पिता बन सकते हैं

हाँ
हममें हैं वे सारे गुण
उतनी सारी दीनता सहनशीलता विनम्रता
और क्रान्ति-विहीनता
जो एक अच्छी प्रजा में होना चाहिए।

1989

एक आदमी जंगल में

उसने शेर से कहा
तुम जंगल के राजा हो
सर्वशक्तिमान हो

हाथी से कहा
तुम जंगल में विशालकाय हो
सर्वश्रेष्ठ हो

उसने हिरण से कहा
तुम सचमुच फुर्तीले हो
सुन्दरतम हो

सियार से कहा
तुम जंगल में सबसे चतुर हो
अपराजेय हो

कोयल से कहा
तुम्हारा गला सबसे अच्छा है

तुम वाक़ई सुरीली हो

इसी तरह की बातें उसने
बन्दर भालू ख़रगोश चिड़िया
सबसे कहीं
हमेशा कहता रहा

मगर नहीं कहा उसने
शेर से उसकी हिटलरशाही के बारे में
हाथी से अकर्मण्यता के बारे में
हिरण से कमअक़्ली
सियार से उसके कपट
या कोयल से उसके कालेपन के बारे में

नहीं कहा उसने किसी से भी
ऐसा कुछ
जो उसे दिक़्क़त देता
उसकी उम्र का जंगल काटने में

और इस तरह उसने
अपने पीछे आनेवाले
तमाम लोगों के लिए
जंगल को अधिक कठिन
भयावह
और पशु-पक्षियों को
अधिक जंगली बना दिया।

1984

प्रेम

यमुना का जल था एक आँसू

एक जगह थी
जो बार-बार रास्ते में आती थी

एक यथार्थ था
बार-बार सपनों में फैलता हुआ

एक चेहरा था
हर बार धुन्ध में खोता हुआ

एक प्रायश्चित था
जो हँस-हँसकर पूरा करना था

तीखी ढलान पर ठहरी हुई थी
हँसी!

1990

आत्म-कथ्य की पहली सुरंग में से

जैसे टीन की छतों पर
कर्कशा स्त्री की तरह गरजती-बरसती है रात
जैसे दु:स्वप्न में का दैत्य थकी नींद का मौक़ा देखकर
पीछा करता है दिन भर के काम से सुस्ता रहे
निढाल बेहोश आदमी का
जैसे बचपन की कीचड़ भरी गली में
फँसी रह गई स्पंज की चप्पल की याद में
बिलखता है अस्सी बरस का एक बूढ़ा

जैसे टुकड़े-टुकड़े टूटता है कृष्ण-पक्ष का चाँद
आकाश की छाती पर गर्म लकीर खींचते हुए
टूटते हैं उज्ज्वल तारे
जैसे समुद्र लेता है हिचकोले
अपने नमक को सांद्र करता हुआ
बनाता है घने काले बा:दल
जैसे हैं प्रकृति में युगों से विद्युत धाराएँ
कड़कती हुईं
मछलियों और जुगनुओं में चमकती हुईं

जैसे आँखों के लैंस अपने तन्तुओं की ढलान पर
आकृतियों को धुँधला करते हुए लुढ़कते हैं
जैसे कान के परदे
नकारने लगते हैं ध्वनि-तरंगों को
सफ़ेद मैल जमने लगता है टेढ़ी कर्ण-गुहा में
जैसे उम्र पाकर सलोनी त्वचा लटकने लगती है
रक्त से ज़्यादा हो जाता है शिराओं का व्यास
और अस्थि-रन्ध्र खो देते हैं अपना जुड़ाव
उसी तरह रहता हूँ मैं टूटता हुआ जुड़ता हुआ
विचरता हूँ अपनी सुरंग में
निकलता हुआ दूसरे सिरे से...

□

जब कुत्तों के भूँकने की आवाज़
एक स्त्री की प्रसव भरी कराह में दब जाती है
वह रात
एक जन्म की रात होती है
वहाँ अँकुराते हैं बीज!

यह उलटे हुए कटोरे की तरह एक टीला है
जहाँ बैलगाड़ी के टूटे पहियों की टेक लगाकर
खड़े हैं कुछ घर
कवेलुओं की बीच की जगहों से फैलता है धुआँ
साबित करता हुआ भूख-प्रतिदिन
सन्देश भेजता हुआ दूर-दूर तक आबादी का

कटोरे की दाईं तरफ़ है ख़रगोश की तरह चपल
एक चमकदार मुलायम सपना
सिन्ध की तरह बहता हुआ

साँवली रेत पर उभरने लगते हैं
तीन नम्बर जूते लायक़ पाँव के निशान
पायजामा का फूला हुआ ट्यूब
और फिर मछली पकड़ो खेल

चक्की की आवाज़ से भरी गोद में
रखा है एक सिर
जैसे घर्रा रहा हो पूरा का पूरा घर
और सँभाल रही हो एक लोरी अपने आलाप से
ओसारे की दीवारें
नहीं चटक सकतीं खजूर की मियारें
नीचे एक बछड़ा दूध पी रहा है
कसकता है घर से खेत तक का रास्ता
खुल जाती है हाथ में झूलती रोटियों की पोटली
काँसे की थाली में भुरभुरे ही खाई गई
मिसी जुआर की रोटी हो उठती है
एकदम ताज़ा और गरम
दीवार पर पाठशाला की तरह चमकते हैं
मूँगिया पड़ गए गोबर के अक्षर
फाग के गीतों पर गूँजती हैं
ढोलक पर भाँग की हथेलियाँ
उँगलियाँ टटोलती हैं माथे की चोट
और उससे जुड़ी गाय की याद
याद निकालने लगती है पाँव के काँटे
जो पक गए हैं

देखता है एक बच्चा भुस भरे बालोंवाले आदमी को
एक बैठक में सत्ताईस रोटियाँ निगलते हुए
देखता है कैसे निकाले जाते हैं गेहूँ
कपास और घी

कैसे खेत की मिट्टी सोख लेती है पसीना
बच्चा और कुछ देखता उसके पहले ही
नौकरी पिता की छुड़ा देती है बच्चों का गाँव
जैसे लड़की की उमर छुड़ा देती है अपना घर-द्वार

गाँव तब्दील हो जाते हैं गर्मियों की छुट्टियों में
और
एक अध्याय पर छाने लगती है धुन्ध
चिमनी के काँपते उजाले में
कुछ नज़र नहीं आता
गड्ड-मड्ड होती डरावनी आकृतियों का जाल
फैलता है धीरे-धीरे

□

जमी हुई सर्द सुबह
फटे हुए होंठों पर रसदार जीभ फिराने लगी है
सूरज कुनमुनाया है
गाय रँभाई है
चारा ख़त्म हो गया होगा
या बाबा ने देर लगाई होगी बछड़े को खोलने में
मुझे माँ की याद आती है
क्यों चला आया मैं फिर
छुट्टियों में गाँव मनाने

कुनकुनी धूप सेंकने के लिए रह जाते हैं
चन्द नंग-धड़ंग बच्चे
एक धूल भरी गली
और मैं
बाक़ी सब काम पर सूरज से पहले

नौकरियों की ज़रूरत में उजड़े घर की वीरानी
ढोती है एक वृद्धा
मुँह से सुवचन उचारती शापती हुई वैधव्य
पचफेरोंवाले हाथ काटते हैं पकी फ़सलें
ख़ाली हाथ बीनते हैं दाने और दु:सह दिन
कुसमय बरसता है पानी
गड़ार के कीचड़ में फँस जाता है बैलगाड़ी का पहिया

बैलों के खुरों में गहराने लगता है मवाद

□

पढ़ाई के सरकारी दिन बच्चों को
ऐतिहासिक-वंशों के उत्थान
और पतन के बीच खड़ा कर देते हैं
जैसे खड़ी फ़सल के बीच खड़े हों बिजूके

दूध-रोटी और महेरी अभी
रक्त बना ही रही होती है
कि पंक्तिबद्ध बिजूके
मनोरंजन के गुप्त-साधन खोजते हुए
हस्त-मैथुन के निर्जन द्वीप पर उतर जाते हैं
जहाँ प्रकृति अपने यौवन पर सबसे सुन्दर है

अकेलेपन के साँवले अन्धकार में
एक पुराना होता क़स्बा लगातार चमकता है
चमकते हैं बरगद के दो वृक्ष
और लाल मुरम से भरी सड़क
जिसके किनारे बेशरम की झाड़ियों में सफ़ेद फूल खिले हैं
वहाँ पिता जवान है माँ मेहनती

और पूरा संसार टेबल पर रखा छोटा-सा ग्लोब
यह सब आँखों में एक स्वप्न की तरह फैलता है

फैलता है कमलगट्टों से भरा एक तालाब
सिंघाड़ों से भरी हुई नावें
और वसन्त के महीने में सूखे पत्तों से भरी ज़मीन
पाँवों के नीचे
पत्तों के चरमराने की आवाज़ आती है
और ढलते-दिन की गन्ध पहचानकर
ज़ोर-ज़ोर से रँभाते हैं बछड़े
निक्कर पहने हुए बच्चे
खेल के मैदान से घर लौटने लगते हैं

लौटने लगते हैं कभी न लौटने वाले दिन
साथ में लौटती हैं एक लड़की की भूरी आँखें
और अमीन सायानी की आवाज़ से भरी हुई
बुधवार की रात
एक लड़का हाथ में फ़ुटबाल लिए लौटता है
और कक्षा ग्यारह के सेक्शन 'बी' में बैठ जाता है
'ग्यारहवीं पास करना बड़ा कठिन है
इस लड़की के रहते हुए'—एक दिन चिट्ठी
लिखता है लड़का और पकड़ा जाता है

आठवें दशक के पूर्वार्द्ध में पकड़ा जाता है
एक पूरा क़स्बा प्रेम में लिप्त!
सब कुछ जानने की कोशिश करना
धँसना है अनिवार्य-प्रेम में
और कुछ नहीं जानते हुए सब कुछ जानने की इच्छाओं में
पाठ्य-पुस्तकें गुलशन नन्दा के उपन्यासों में बदल जाती हैं
मधुबाला और नरगिस अपनी अप्राप्य सुन्दरताओं में

लगातार घटित होती हैं
एक छोटे-से बच्चे के पास
अपना बचपन भी नहीं बच पाता
किशोरावस्था का जादू किसी मंत्र के प्रभाव में
काँच की तरह तड़-तड़ टूटता है

किरचें गिरती हैं ख़ुद के ही ऊपर!!

□

जवानी की शुरुआत में पता चलता है
प्रेम आदिम-वासना से भरा हुआ था
लड़की की आँखें
गहन वन की गुफाओं में हिंसक चमक से भरी
परछाइयाँ हैं
पता चलता है पूरी साक्षर-योग्यता
एक नौकरी पा जाने पर तय की जाना है
और नहीं है
एक भी कोरा काग़ज़ कविता लिखने के लिए
नहीं है एक भी कैनवस चित्र बनाने के लिए
नहीं है, नहीं है
एक भी बाँसुरी रात की निर्मलता बढ़ाने के लिए

सिर्फ़ एक नक़्शा है नीली-कत्थई रेखाओं से भरा
जिसके अतल अँधेरे में
मुझे फेंक देना है अपनी आत्मा
फेंक देना है अपना मस्तिष्क अतल सागर में
और मेरे प्राणों पर भी मेरा हक़ नहीं है
थोड़ा और आगे चलने पर पता लगता है
पृथ्वी लगातार हो रही है ठंडी

पहाड़ों की जड़ी-बूटियाँ नष्ट हो चुकी हैं
शिलालेखों के चित्र
सुरक्षित किए जा चुके हैं सन्दर्भ-ग्रन्थों में
एक महाकाव्य
तब्दील हो चुका है महान धर्म-ग्रन्थ में
और पता चलता है
एक पत्ता भी ईश्वर की कृपा के बिना नहीं हिल रहा है
रात-दिन ईश्वर की पलकें हैं उठतीं-गिरतीं
अँधेरा भी ईश्वर का है
और रजा भी!

□

यह शाम है
कि अँधेरी आधी रात!

एक सुनसान खँडहर वक़्त है
मेरे जीवन को मेरे सामने ही
नंगा-अकेला करता हुआ
चन्द सिलवटें हैं आसमान पर
कुछ मेरे माथे पर
झींगुर हैं कुछ मेरे कानों में
चिर्र-किर्र की आवाज़ें करते
मई-जून की धूप है किरकिराती हुई आँखों में
नासिका-रन्ध्रों में बरसों की धूल
छन्कर पहुँचती मेरे फेफड़ों तक
त्वचा पर स्पर्श-दंश हैं डसते हुए मुझे लगातार
ढूँढ रहा हूँ मैं एक इच्छित और असम्भव-प्रेम

एक वेताल है मेरे भीतर

जो हमेशा मेरे बाहर विचरता है
बाहर कुछ भेड़िए-शब्द हैं
जो मेरे भीतर घात लगाए बैठे हैं
बेचैनी है एक जोंक की तरह
ज़िन्दगी की पिंडली पर चिपकी हुई
भटक रहा हूँ मैं दसों ज्ञात दिशाओं में
संवेदनाएँ मुझे
स्पंज की तरह निचोड़ रही हैं

इस शाम
कि अँधेरी आधी रात के बीचोंबीच भी
मेरे हाथों में असीम ऊष्मा बाक़ी है
पाँवों में अनथक यात्राएँ
मेरी नाभि में हैं अनन्त ध्वनियाँ
हृदय में लहराता समुद्र है
आँखों में अनचीन्ही कोमलता
प्रेम की प्रबल कामना और तृष्णा के द्वीप पर
मैं नितान्त असभ्य और आदिम
निर्वसन खड़ा हुआ हूँ

सूर्य डूब चुका है
ग्लोब के दूसरी तरफ़ के देशों में उगता हुआ
चन्द्रमा उधार की रोशनी में
लुभा रहा है पृथ्वी को
चाँदनी में गुमसुम चमक रही हैं
उलझी झाड़ियाँ, लताएँ और अतृप्त कामनाएँ
अँधेरी रात की लोरी ने
धरती के एक हिस्से में नींद भर दी है
और मेरी आँखें धरती से बाहर
अन्तरिक्ष में तारों के साथ टिमटिमा रही हैं

नींद से वंचित मैं
नींद से भरी इस पृथ्वी पर जाग रहा हूँ।

□

मेरी मुस्कराहट के पीछे
एक पपड़ी पड़ी हुई उदासी है
उदासी में चमकता है मेरा उदास क्रोध

मुझे अपने सवाल किताबों में नहीं मिले
मुझे अपने हल किताबों में नहीं चाहिए
मुझे जीवित लोग मिले थे
मुझे जीवित लोगों से मिलना है
मुझे सिर्फ़ नक़्शे में नहीं
पृथ्वी के एक सचमुच हिस्से में रहना है
मैं अर्थशास्त्र पढ़ने से पहले
थोड़ा-सा नमक ख़रीदना चाहता हूँ
रात अनन्त होने से पहले ही
इस गहराती शाम को
नए सिरे से बुनना चाहता हूँ
मैं हर जगह एक इनसान का दख़ल चाहता हूँ
जैसे इस अँधेरी शाम में भी
दख़ल दे रहा हूँ मैं

यही मेरा युद्ध है
यही मेरा द्वन्द्व
यहीं
इसी बिन्दु पर होना है निर्णय
मेरे जीवन का!

□

शेष आयु
एक कठिन अँधेरी-सुरंग की तरह मेरे सामने है
और मेरे चश्मे के पीछे मेरी पीली आँखें हैं

जो अँधेरों में
थोड़ी और बड़ी हो जाती हैं!!

1981-1990 के बीच